孙子兵法

——第十九册

上海人民美术出版社
浙江人民美术出版社

目 录

刘邦调敌避锐夺成皋

编文：晓　基

绘画：桑麟康　肖　赵
　　　广　隶慧　珠

原　文　我不欲战，画地而守之，敌不得与我战者，乖其所之也。

译　文　我军不想打，虽然画地防守，敌人也无法来同我作战，是因为使敌人改变了进攻方向。

1. 汉高祖二年（公元前205年）四月，楚汉彭城大战，刘邦主力被歼，原来响应刘邦讨伐项羽的诸侯，又纷纷背汉降楚。刘邦收集残军，采纳张良等人的意见，退守地势险要又有充足储粮的荥阳（今河南荥阳）、成皋地区（今河南巩县和荥阳以北一带）。

2. 项羽这时已意识到刘邦是他的主要敌人，所以，不给刘邦喘息的时间，又亲率大军追至荥阳。

3. 项羽切断汉军运粮的甬道,围攻荥阳。次年五月,荥阳危急。大将纪信自请假冒刘邦出城投降,刘邦乘机率数十名骑兵开西门逃往成皋。

4. 项羽发觉上当，急追至成皋，刘邦又仓皇逃入关中。楚军杀死汉守将，夺占成皋。

5. 刘邦回到关中后，集结关中兵马，很快又组织起一支队伍，准备再度东出，收复成皋。

8

6. 这时，谋士辕生认为再直接东出不是善计，向刘邦献策说："汉与楚在荥阳相持数年，汉军常处于困境。这次大王最好由南从武关（今陕西商洛西南）出兵，这样，项羽也必定会引兵南走。

7. "大王到达战地后,坚守勿战,这样荥阳、成皋一线的汉军就得到休息,另再派韩信等安定河北赵地以及燕、齐地,然后大王再出击荥阳,这时,楚军兵力分散,汉军以逸击劳,与之决战,必能取胜。"

8. 刘邦认为有理，就率兵南下，出武关，进军至宛（今河南南阳）、叶（今河南叶县）。

9. 项羽急于消灭刘邦，闻报后果然仅留少量兵力扼守成皋，亲自率主力南下迎战汉军，处在成皋、荥阳正面战线的汉军得以喘息。

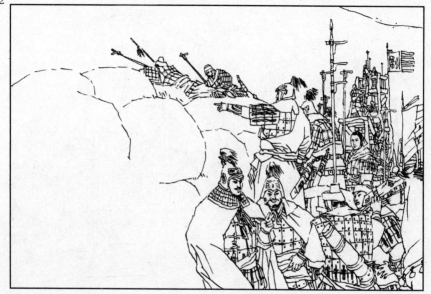

10. 刘邦见项羽领军赶来，便让将士坚守深沟高垒，任凭楚军怎样叫阵，都不许出战。同时派快骑，传令在楚军后方的彭越袭击楚都彭城。

11. 彭越接到刘邦命令后，立即发兵攻破下邳（今江苏睢宁西北），截断楚军粮运，威胁彭城。

12. 项羽得到都城告危的急报，不得不下令停止对刘邦军的进攻，回军东击彭越。

13. 楚军主力东去，刘邦乘机会合英布的九江兵，北上击败留守成皋的楚军，一举夺回了成皋。

14. 六月，项羽打败了彭越，得知成皋失守，又回师西线，竭其全力攻破荥阳，进围成皋。

15. 刘邦见汉军无法阻挡项羽精师的猛烈进攻，又从成皋撤出。项羽虽再占成皋，但大军东奔西突，疲于奔命，已是强弩之末，攻势微弱。

16. 刘邦第二次败出成皋后，渡过黄河到小修武（今河南获嘉东）韩信大营。原来韩信灭赵后，本想攻伐楚的盟友齐，只因赵地未平，就与张耳驻扎在小修武。

17. 刘邦收回了韩信的大部分军队，增援巩县（今河南巩县西南）的汉军，阻止项羽继续西进。

18. 刘邦命张耳速回赵都镇守。任命韩信为相，命他征召赵地兵丁，重组军队，攻打齐国，威胁楚军侧背。

19. 刘邦亲自在巩县正面，指挥汉军挖深沟筑高垒，坚守不战，以消耗楚军士气。

20. 同时，又派将军刘贾、卢绾率兵二万，骑兵数百，偷渡黄河，深入楚地，烧毁楚军仓库、物资，配合彭越加强对楚军的后方骚扰。

21. 彭越得到有力的支援后，八月攻占外黄（今河南民权西北）、睢阳（今河南商丘）等十七城，截断了楚军前后方的联络和补给。

22. 仅一个月，楚军后方一片混乱，告急文书接踵而来。项羽气得暴跳如雷，决心再度东击彭越。他命大司马曹咎谨守成皋，不要出战，等他回军。

23. 又派大将钟离眛（mò）驻防荥阳，自己则亲率大军东去。

24. 项羽一走，刘邦抓紧时机，挥师包围成皋。刘邦用计激怒曹咎，诱他出营交战，大败楚军。

25. 刘邦又得成皋，他命将士在广武山（今河南荥阳东北）据险扎营，就近取敖仓粮食，以逸待劳，做好阻击项羽回军的准备。

26. 项羽听说成皋失守，急忙回军反攻成皋。汉军依据险要地形，坚守不战。楚军几次东奔西驰，部队已精疲力竭。

27. 这时，韩信已引军入齐，一举攻占齐都临淄（今山东淄博东北），迫使项羽分兵二十万援齐。项羽正面进攻兵力更加不足，不得不屯军广武山上，隔着一条广武涧与汉军对峙。

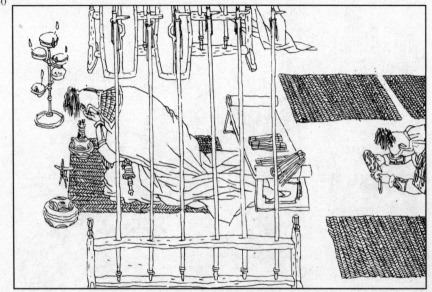

28. 数月后，楚军粮绝，南方的大多粮仓都被汉军破坏，无法补充。项羽欲战不得，欲退不能，完全丧失了优势。

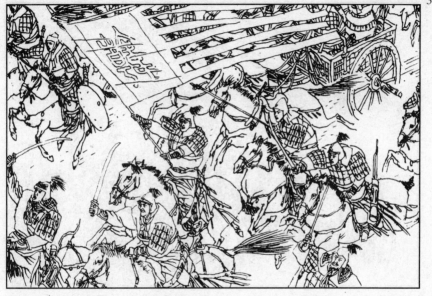

29. 这时，韩信又击破了齐楚联军，进至城阳（今山东莒县），包抄到楚军背后，完成了对楚军的战略包围。

30. 项羽自知已是智穷力竭，无法再与汉军争胜，不得已与汉军议和，引军东退。楚汉成皋争夺战，刘邦多方牵制楚军兵力，使之无法集中兵力进行正面作战，逐渐由劣势转为优势，取得了有关键意义的胜利。

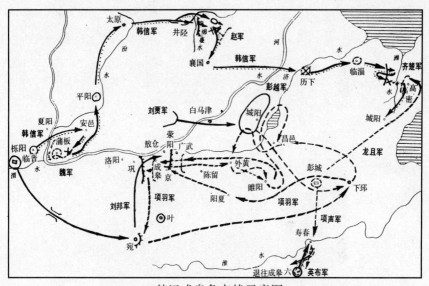

楚汉成皋争夺战示意图

孙 子 兵 法
SUN ZI BING FA

努尔哈赤专一面攻击明军

编文：小　尹

绘画：陈运星　唐冬华
　　　罗培源　闽　南

原　文　　形人而我无形，则我专而敌分；我专为一，敌分为十，是以十攻其一也，则我众而敌寡。能以众击寡者，则吾之所与战者，约矣。

译　文　　示形于敌，使敌人暴露而我军不露痕迹，这样我军的兵力就可以集中而敌人兵力就不得不分散。我军兵力集中在一处，敌人兵力分散在十处，这就能用十倍于敌的兵力去攻击敌人，这样就造成了我众敌寡的有利态势。能做到以众击寡，那么同我军当面作战的敌人就有限了。

1. 明朝后期，建州女真首领努尔哈赤逐步统一女真各部，于明万历四十四年（公元 1616 年）宣布称汗，建都赫图阿拉（今辽宁新宾西老城），国号金，历史上称做后金。

2. 这时，努尔哈赤已拥有一支能征惯战的八旗劲旅。他决定趁明朝内争激烈、防务松弛之际，对明用兵。

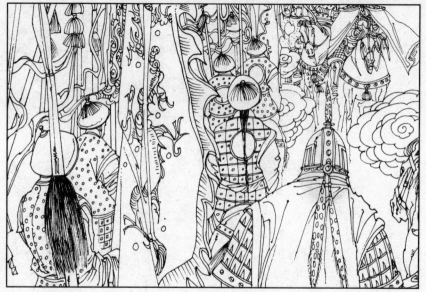

3. 经过一段时间的准备以及精心谋划后，明万历四十六年（公元1618年）四月，努尔哈赤在赫图阿拉以"恨明陷害我祖父、恨助叶赫、恨拘我使臣……"等"七大恨"誓师，以激奋族人的斗志。

4. 当日, 努尔哈赤亲自率领步骑二万出发攻明, 隔日, 进围抚顺城。明军守将李永芳开始准备坚守, 后见后金军来势凶猛, 便慌忙开城投降。

5. 广宁总兵张承荫率军一万，赶来援救抚顺，两军激烈交战。这时忽起东风，后金军乘势冲入明军阵营，明军力不能支，张承荫等战死，部队死伤甚众。

6. 努尔哈赤在军事上的节节胜利，震惊了北京。为了稳定边境局势，明王朝决定出兵辽东，大举进攻后金。

7. 明神宗朱翊钧起用已引退在家的杨镐为辽东经略，调兵筹饷，经过半年多的准备，于万历四十七年（公元1619年）二月，调集明军八万八千余人，加上叶赫兵一部以及陈兵鸭绿江的朝鲜军队，共约十一万，号称四十七万。

8. 明军以后金都城为目标，由总兵马林率北路军、杜松率西路军、李如柏率南路军、刘綎（ting）率东路军，分进合击，四路会攻。杨镐坐镇沈阳统一指挥。

9. 二月二十一日，明军各路高级将领在沈阳誓师，预定即日分头出发，适逢大雪封路，改于二十五日进攻。但明军尚未出动，军情早已被后金谍探侦知。

10. 努尔哈赤得知明军的作战部署后，认为南北两路山险路遥，不能立即到达，决定采取"凭你几路来，我只一路去"的策略，集中兵力逐路击破明军。

11. 努尔哈赤只派五百人去阻滞刘綎军，亲率约十万兵马的主力，迎击
进军过速、孤立突出的西路杜松军。

48

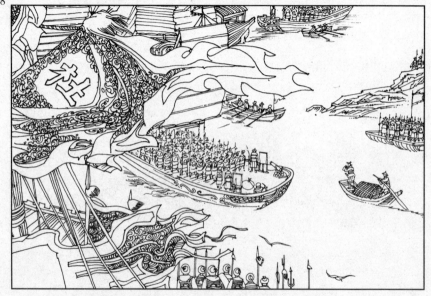

12. 杜松是明军著名勇将，但鲁莽无谋，骄傲轻敌，为贪首功，日驰百余里，在大雪中渡过浑河，到达萨尔浒谷口（今辽宁抚顺东）。

13. 杜松不考虑与其他各路军的协同作战，也不顾自己重型装备尚未到达，便将部队分兵为二：一部在萨尔浒山下结营；一部由自己率领进攻吉林崖，企图抢占制高点以控制战场。

14. 这样，杜松就将明军置于分散和仰攻的不利地位。吉林崖虽只有少数后金兵及筑城壮丁防守，但由于地势险峻，易守难攻，杜松多次进攻未能得手。

15. 这时，后金大贝勒代善率领先头部队赶到萨尔浒，也准备兵分两路：
一路增援吉林崖，一路向驻扎在萨尔浒山下的明军进攻。

16. 努尔哈赤率领八旗主力赶到，问明情况后说："明军人多，分散作战尚可，我军人少，岂能将兵力分散呢？"

17. 努尔哈赤说："先破萨尔浒山下所驻的明军，此兵破，攻击吉林崖的明军自然丧胆，不战自溃。"于是，又重新调整兵力。

18. 努尔哈赤派代善、皇太极率两旗人马前往吉林崖，自己率六旗人马攻打萨尔浒山的明军。

19. 在萨尔浒山刚刚扎下营寨，尚未构筑工事的明军，遭到突然攻击，仅凭少数车辆构成车阵应战，但抵不住后金骑兵的箭射马冲，阵势顿时大乱。

20. 后金兵乘势冲进明军营寨，全歼驻扎在萨尔浒山下的明军。

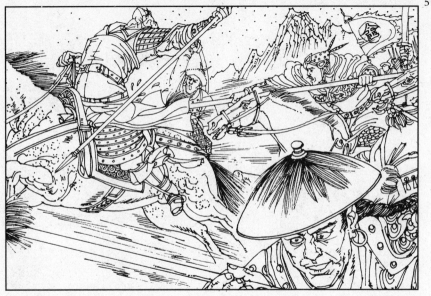

21. 凭险据守在吉林崖的后金守军见援军已到，便居高临下，冲下山来。杜松军前后受敌，难以招架。

22. 这时，努力哈赤又率六旗兵马赶来。杜松仓促收缩兵力，结阵防守。

23. 后金军猛烈攻阵，明军终因寡不敌众，全部被歼。杜松也战死在军阵之中。

24. 努尔哈赤当夜又挥戈北上，迎击马林率领的北路军。

25. 马林军进至萨尔浒西北三十余里的尚间崖时，得知杜松军战败，不敢再进。令部队就地驻军，环营挖掘三层堑壕，将火器部队列于壕外，骑兵继后，严加防卫。

26. 又命部将潘宗颜、龚念遂各率万人，分屯大营数里之外，环列战车以阻挡敌骑驰突，与大营构成犄角之势。

27. 努尔哈赤到达尚间崖，观察明军阵势，见明军阵营整齐，已有防备，便仍用各个击破的战法，先以骑兵冲击龚念遂营。很快攻破明军车阵，击败龚军。

28. 后金兵又转攻尚间崖马林营，马林依山布阵，率军迎战。

29. 努尔哈赤派一支骑兵迂回到马林军阵后，然后两面夹攻，大败马林军，
夺占尚间崖。马林只身突出重围，逃离战场。

30. 努尔哈赤随即移军围攻潘宗颜营。潘宗颜奋力抵抗，但主力被歼，总兵马林脱逃，独力难支，很快就全军覆没了。

31. 约定配合北路军的叶赫军，进军途中，闻明军兵败，大惊逃回。

32. 东路军总兵刘綎，也是明军著名猛将，使用一口一百二十斤的镔铁大刀，外号叫"刘大刀"，身经大小数百战，名震海内。

33. 努尔哈赤知道刘綎骁勇，治军严整，东路军武器装备精良，不能硬拼，便调集主力在赫图阿拉南部的阿布达里岗设伏。

34. 另又派士卒伪装成杜松的信使，诈称杜松军已迫近赫图阿拉，要刘綎速进。刘綎信以为真，立即下令轻装急进。

35. 因山路狭窄，军队只能单行前进。刘綎率一部先行。进至阿布达里岗时，埋伏着的后金兵突然从四面八方杀出。

36. 刘綎奋力血战，但是，难以抵敌后金兵的层层包围和轮番冲杀，终
　　于战死沙场。

37. 努尔哈赤乘势击败刘綎的后续部队，并迫降了前来助明作战的朝鲜军队。

38. 自四路大军出师后，辽东经略使杨镐坐镇沈阳，踌躇满志，一心等着胜利的消息。

39. 不料，战败的消息接连传来，四路大军竟有三路被歼，杨镐急令李如柏的南路军撤退。

40. 南路军撤退时，被后金哨探发现。二十名哨探在山上鸣螺、呼噪，李如柏以为是后金主力发起进攻，惊恐溃逃，相互践踏，死伤千余人。

41. 萨尔浒大战前后仅五天就结束了，明朝四路大军，唯有这一路进军迟缓，撤退得快，才幸免全军覆没的厄运。

42. 努尔哈赤专一而攻，连歼三路明军，消灭明军近五万人，缴获战马、甲仗、炮车无数，而后金仅损失二千余人。双方损失之悬殊，为战争史上所罕见。从此以后，后金完全掌握了辽东战场上的主动权。

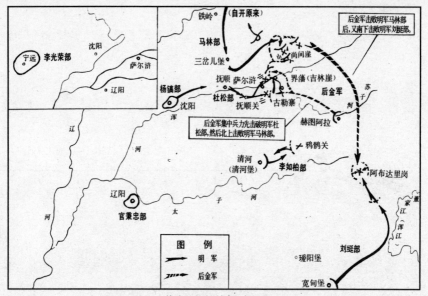

萨尔浒之战示意图

孙 子 兵 法
SUN ZI BING FA

金朝备边无策铸败因

编文：晨　元

绘画：翁家澎　张耕云　方一宁

原　文　吾所与战之地不可知，不可知，则敌所备者多，敌所备者多，
则吾所与战者寡矣。

译　文　我军所要进攻的地方敌人不得而知，不得而知，那么他所要防
备的地方就多了；敌人防备的地方越多，那么我军所要进攻的
敌人就少了。

1. 元太祖元年（金泰和六年，公元 1206 年），成吉思汗被蒙古部推为首领。蒙古部原臣属于金，备受金朝的压榨与欺凌，结怨甚深，成吉思汗与大臣们商议伐金复仇。

2. 大臣们早已怨入骨髓，一致议定，出兵伐金。但考虑到金国毕竟是中原大国，要穿越大漠，远程南征，没有万全之策难以奏效。于是，成吉思汗表面上仍奉金为上邦，暗地里积极准备对金作战。

3. 成吉思汗经过多年征战，统一了蒙古其他各部族，于元太祖四年（公元 1209 年），大举进攻金的藩属西夏，迫使西夏臣服，扫除了攻金的后顾之忧。

4. 随着蒙古势力的日益强大，金朝也不断加强北部边境的防御，修起了一道东起嫩江左岸，西达河套以北，长达三千里左右的边堡线，并在水草丰美的重要地段，修筑堡寨，派兵戍守。

5. 金朝分兵把守千里边堡线，仅是为了阻止蒙古骑兵的侵扰，根本没有考虑蒙古军会大举进攻。

6. 金守将纳哈买住侦悉蒙古军将要大举南下，急急入都奔告金帝。金帝完颜永济说："他们怎么敢这样！且又无边衅，怎么可能入犯？"竟认为纳哈买住是擅生事端，将他囚禁起来。

7. 金上京留守图克坦镒也认为金军防御兵力分散，不足以阻止蒙古军南下，向完颜永济建议说："蒙古军集中兵力进攻，我军分散防守，失败是必然的，不如把分守各地的兵马集中起来，入保重镇，并力守御。"

8. 参政梁镗说："这不是自己在削减领土吗？"金帝遂不采用图克坦镒的策略。这样，金朝北方防御既无重点，又没有在纵深配备一定的机动兵力，以资策应，对蒙古军的战略意图也不了解，未战之前已铸下败因。

9. 元太祖六年（公元 1211 年），前往侦察的蒙古将领察罕归来向成吉思汗详细报告了金军的边防情况后说："金军防御不严，不足为畏。"

10. 这年二月,成吉思汗誓师伐金,率长子术赤、二子察合台、三子窝阔台、大将木华黎和哲伯等,统军十余万,大举南征。

11. 三月，蒙古军到达金朝北境的汪古部，汪古部首领率众前来会合，并为蒙古军作向导攻金。

12. 四月，蒙古军前锋哲伯部攻取大水泺（今内蒙古商都南）和丰利（今
内蒙古尚义境内）等地。后因天气渐热，军马多有不适，蒙古军便后撤
至汪古部，待秋后再南攻。

13. 金帝得悉蒙古军大举南犯，恐惧异常，一面释放纳哈买住，一面派使前往蒙古营请和。

14. 成吉思汗根本不予理睬。金帝仓促布置防务,同时,召大臣商议军事。

15. 朝廷大官各执一辞，相持不决。金帝又急召平定州（今山西平定）
刺史赵秉文讨论备边之策。

16. 赵秉文建议说："我军聚于宣德（今河北宣化），城小，只好列营于外，露于烈日暴雨之下，器械弛散，士兵多病，待深秋敌至，我军将很不利。"

17. 金帝说："依卿之计如何？"赵秉文说："派遣一军袭击蒙古空虚的腹地，这样西京的威胁就可解除，这就是兵法上所说的出其不意，攻其所必救的道理。"但金帝唯恐分兵后，中都不安全而没有采纳。

18. 七月，蒙古军经过休整，乘秋高马肥之时，从汪古部出发，向东南开进。金军的千里边堡线根本无法阻挡蒙古铁骑，形同虚设。

19. 驻在乌沙堡及乌月营（今河北张北北部一带）的金将未及设防，蒙古军轻骑已到，一经交战，当即大败，两地皆失。

20. 由于金军防线漫长，兵力分散，蒙古军所到之处都是以众击寡，如
　　石击卵。金军主将非降即逃，蒙古军势如破竹，直抵中都（今北京）城下。

21. 金帝大惊失色，想逃往南京（今河南开封），因遭到臣下反对，才勉强留下守城。

22. 中都城坚，金军士兵抵抗顽强，蒙古军攻城伤亡众多。成吉思汗又误信金军有二十万之众的流言，于是，大掠一番，才引军北撤。

战 例　　**毕再遇出其不意取泗州**

编文：林洁莲

绘画：盛元富　玫　真　施　晔

原　文　知战之地，知战之日，则可千里而战。

译　文　能预知交战的地点，预知交战的时间，那么即使相距千里也可以同敌人交战。

1. 南宋开禧二年（公元 1206 年），当朝权臣韩侂胄上书皇帝，金国外受蒙古军侵扰，内部连年饥荒，民心动摇，北伐时机已经成熟。宋宁宗下诏，命殿帅郭倪为山东、京洛招抚使，准备北伐。

2. 郭倪决定先攻泗州（今江苏盱眙北），以试锋芒，而后再率主力渡淮河北上。这首仗的胜败关系重大，郭倪派武义大夫毕再遇与镇江都统陈孝庆带兵攻取泗州。

3. 毕再遇是原岳飞部将毕进的儿子，武艺过人，智谋超群，曾得到宋孝宗的召见，赐给战袍、金钱。

4. 毕再遇接到命令后，又向郭倪请调来八十七名敢死兵作为前锋。准备
就绪后，即率本部军马向泗州进兵。

5. 泗州有东西两城，地势险要，各有重兵固守。金军获知毕再遇来攻，急忙关闭市场，堵塞城门严阵以待。

6. 毕再遇得到这一情报后，对陈孝庆说："敌人已预计到我军到达泗州的日期。兵以奇胜，我们应提前一天到达，出其不意。"陈孝庆点头称是。

7. 毕再遇当即召集众将士，让大家饱食后，号召全体将士抗金杀敌，收复中原，为国效忠。

8. 宋军将士热血沸腾，斗志昂扬，即刻进发，昼夜兼程，进逼泗州。

9. 宋军逼近泗州，毕再遇命陈孝庆在江边陈列战船，即刻佯攻西城。

10. 守城金兵不料宋军会提前到达，慌乱不堪，急调集兵力防御西城。

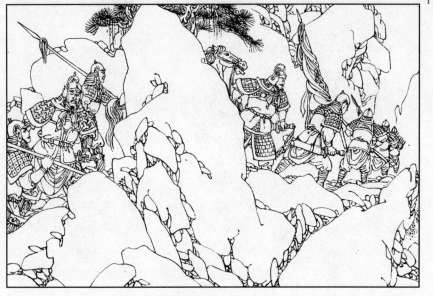

11. 毕再遇亲率敢死兵及所属部队悄悄地上岸，越过陡山（今江苏盱眙东北），向东城迂回。

12. 宋军到达东城南角，突然发起进攻。毕再遇身先士卒，攀梯登城，敢死兵与其他军士一拥而上。

13. 金军猝不及防，慌作一团，宋军乘势攻上城头。

14. 毕再遇挥舞双刀杀入敌军中，将士们也拼命厮杀，斩敌数百。金兵大溃，打开北门遁逃。

15. 攻下东城后，毕再遇即带兵转攻西城。金军顽固坚守。毕再遇在城下竖起一面大将旗，高呼："大宋毕将军在此，中原老百姓不要再为金国卖命了，快快出来投降！"

16. 西城守军见东城已被宋军攻占，"毕"字将旗迎风飘扬，军心顿时瓦解，金国淮平知县也缒城乞降，于是泗州东西两城均为宋军攻占。

17. 殿帅郭倪亲来前线犒劳将士，授予毕再遇一块御宝刺史牙牌，毕再遇却坚决推辞说："黄河以南有八十一州，今只得泗州二城，就给一个刺史，以后攻下各州该如何封赏？"

18. 攻克泗州以后，宋军又连续攻下新息（今河南息县西南）、褒信（今河南息县东北）和虹县（今安徽泗县）等地，消息传到京城，士气大震，韩侂胄即请宋宁宗正式下诏北伐。